ORLANDO NILHA

CONCEIÇÃO
Conceição Evaristo

1ª edição – Campinas, 2021

"Gosto de dizer ainda que a escrita é para mim o movimento de dança-canto que o meu corpo não executou, é a senha pela qual eu acesso o mundo." (Conceição Evaristo)

M•STARDA EDITORA

Muitos anos atrás, na cidade de Belo Horizonte, capital de Minas Gerais, famílias pobres em busca de um lugar para viver, por não terem opção, começaram a erguer seus barracos na encosta de um morro. Com o tempo, chegaram mais e mais pessoas excluídas dos privilégios da cidade e forçadas a viver em lares improvisados.

Entre o labirinto dos becos e os barracos amontoados, viviam operários, pedreiros, empregadas domésticas e muitas lavadeiras, mulheres que lavavam roupas dos mais favorecidos para sobreviver. Em dias de sol, os varais ficavam repletos de roupas estendidas, colorindo de esperança o cotidiano de pobreza. Por isso o nome do lugar: Pindura Saia.

Foi na favela do Pindura Saia que cresceu Conceição Evaristo, nascida em 29 de novembro de 1946. Ela foi a segunda de quatro meninas. Depois, chegaram cinco meninos. O seu padrasto, Aníbal, era pedreiro; e sua mãe, dona Joana, era lavadeira.

Aníbal trabalhava erguendo paredes de belos prédios no centro da cidade e voltava cansado para o barraco, que não tinha água nem luz. Dona Joana enfrentava as filas da torneira pública em busca de água para lavar roupas. Para ajudar na renda, ela saía pelas ruas a catar papel, latas ou o que pudesse aproveitar.

Conceição logo descobriu que os olhos de sua mãe às vezes se pareciam com fontes de água. Dona Joana chorava de vez em quando, mas sequer pensava em desistir. Era na água de seus olhos que ela renovava sua coragem. Para distrair a fome, brincava com os filhos e contava histórias. Conceição ouvia fascinada. A voz de sua mãe foi a primeira voz que ecoou em seu ser, como uma música vinda de tempos distantes.

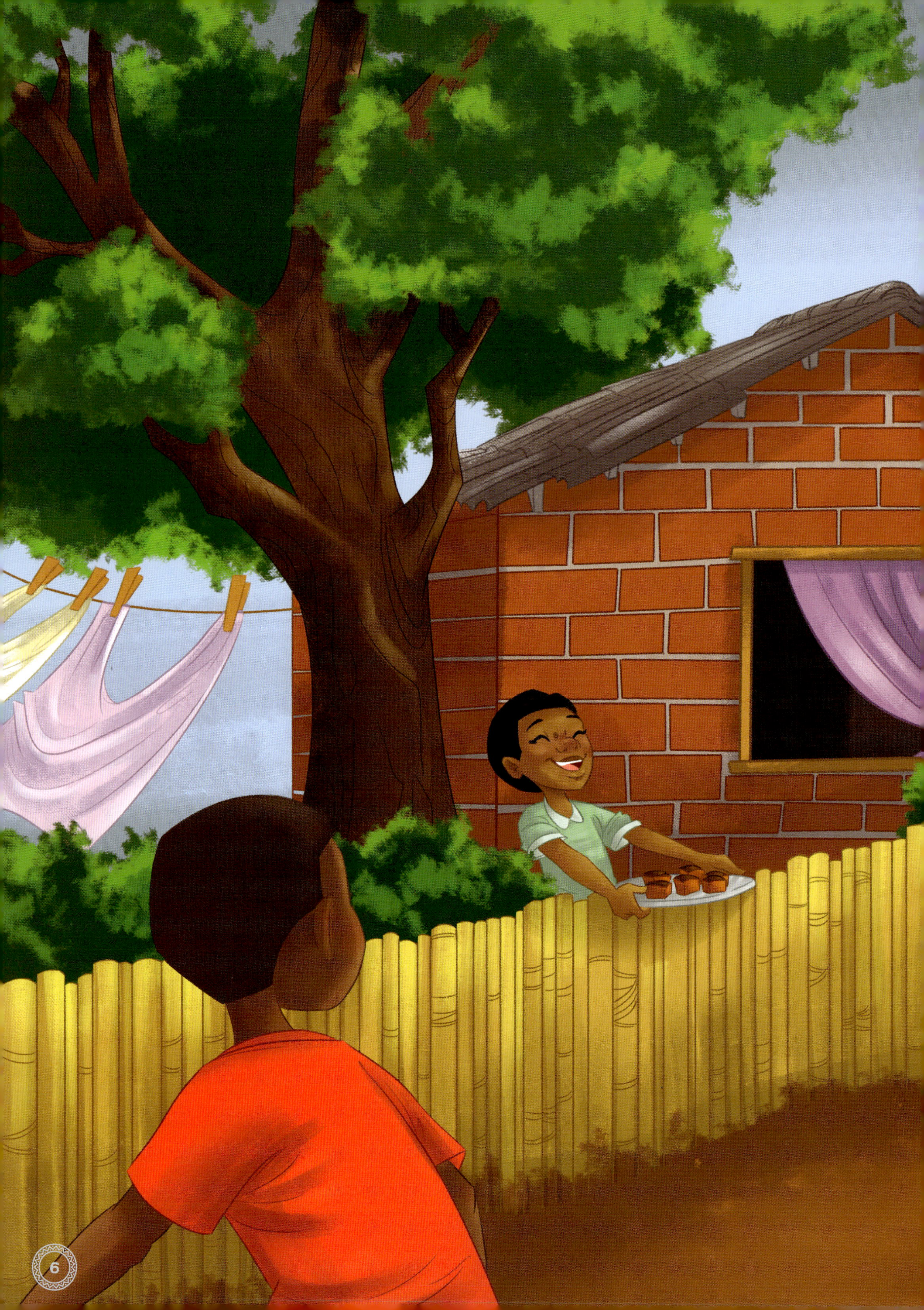

Na favela do Pindura Saia viviam também parentes de Conceição. Num quartinho, morava tio Osvaldo. Ele havia lutado na Segunda Guerra Mundial e aprendido muitas coisas nas batalhas da vida. Foi com ele que Conceição aprendeu as primeiras noções sobre a condição dos negros na sociedade. No barraco ao lado, moravam tio Totó e tia Lia.

Mesmo vazio de bens materiais, o lar de Conceição era repleto de palavras. Os tios, a tia e os vizinhos também contavam histórias. Das vozes que se cruzavam, Conceição tecia a sua própria voz. As palavras conduziam a vida para dentro da menina. Vida e palavras, sempre unidas, como jamais deixariam de ser.

Conceição guardava as histórias no peito como pedras. Algumas preciosas, coloridas e alegres, outras pontiagudas, afiadas de doer.

Aos sete anos, Conceição foi morar com tio Totó e tia Lia, a quem sempre considerou sua segunda mãe. Eles não tinham filhos, e ali, no barraco ao lado, Conceição viveria em melhores condições, diminuindo as despesas em sua casa.

Em dias bons, quando tia Lia conseguia preparar um bolo ou doce, Conceição corria para a cerca entre os barracos e dividia a sua parte com as irmãs e os irmãos. Um pouquinho para cada um, mas alegria para todos.

Depois de se mudar para a casa dos tios, Conceição começou a estudar. A escola era um casarão de dois andares. No andar de cima, ficavam os alunos de famílias ricas, que podiam comprar os livros que quisessem e recebiam medalhas pelo bom desempenho nas aulas. No porão, ficavam os alunos pobres, a maioria negros.

Mas Conceição era uma aluna excelente e foi preciso colocá-la em uma sala do andar superior. Mesmo sem ser convidada, ela insistia em participar dos coros infantis e dos concursos de redação. Afinal, ela e todos os alunos do porão possuíam o mesmo direito dos outros alunos de viver as experiências do mundo. Em 1958, quando se formou no primário, Conceição venceu um concurso de redação e ganhou o seu primeiro prêmio de literatura.

"Todos os alunos pobres e eu sempre ficávamos alocados nas classes do porão do prédio. Porões da escola, porões dos navios."

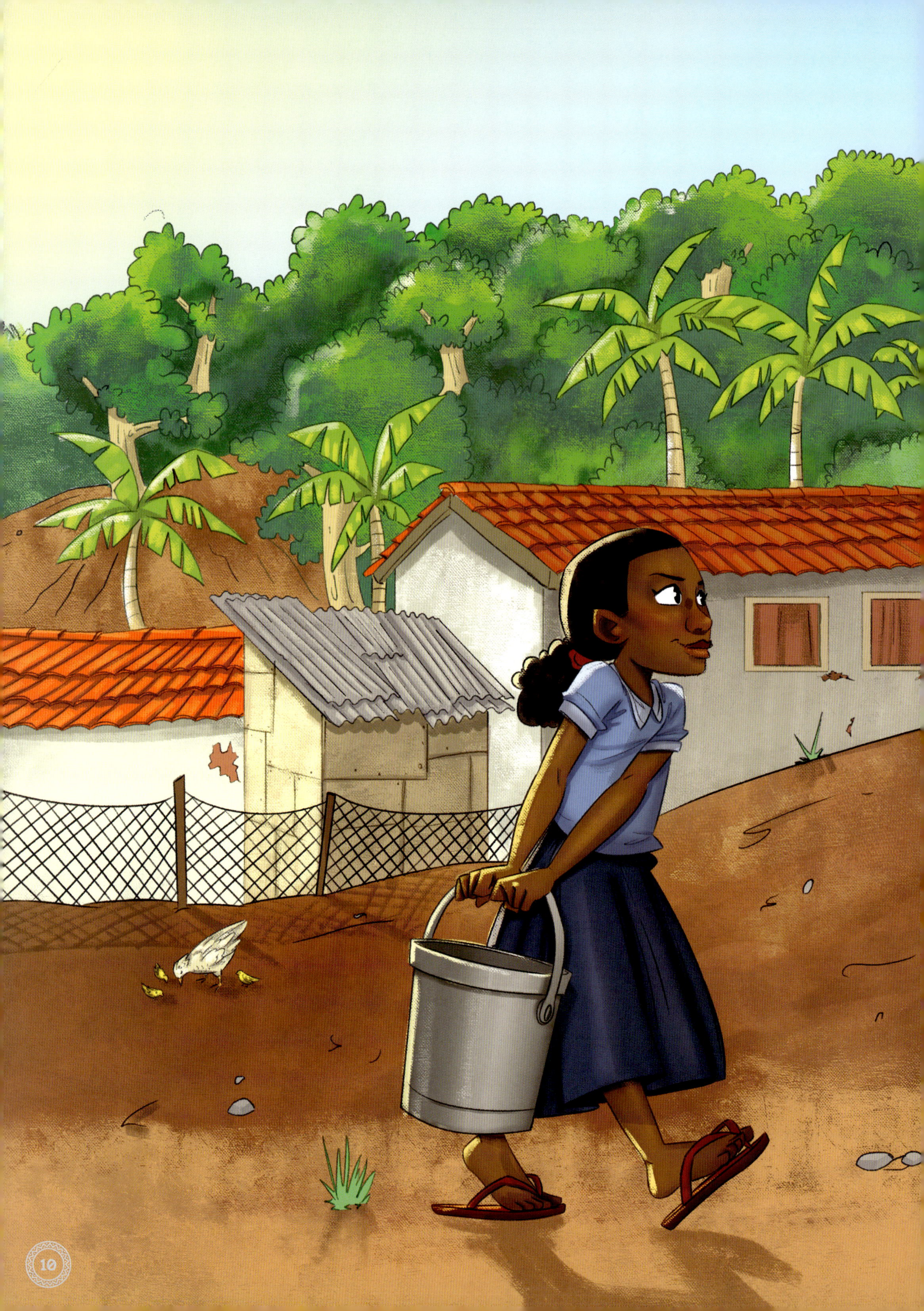

O Pindura Saia ficava ao lado do centro da cidade, pertinho do bairros de classe alta. A favela era uma ilha de pobreza cercada de riqueza por todos os lados. Conceição via se repetir na cidade a mesma desigualdade da escola: a população pobre e negra tinha o seu lugar marcado.

Aos oito anos, a menina começou a trabalhar como empregada doméstica. Além disso, ajudava a mãe e tia Lia no trabalho de lavadeira: buscava água na torneira pública e devolvia as roupas limpas nas casas das patroas. Conceição também percorria as ruas em busca do que pudesse aproveitar.

12

Um desejo encantava os pensamentos da menina: dar aulas! Conceição sonhava em ser professora e fazia o que podia para aprender mais e mais. Ela aceitava livros e aulas particulares em troca do trabalho como doméstica nas casas de professores.

Uma das grandes alegrias de sua infância foi descobrir a biblioteca pública. Foi como encontrar o mapa de um tesouro infinito: uma imensidão de livros para explorar!

Conceição passou a ajudar os irmãos nas tarefas da escola. A notícia correu, e a professorinha montou no quintal do barraco uma pequena sala de aula para as crianças da vizinhança.

14

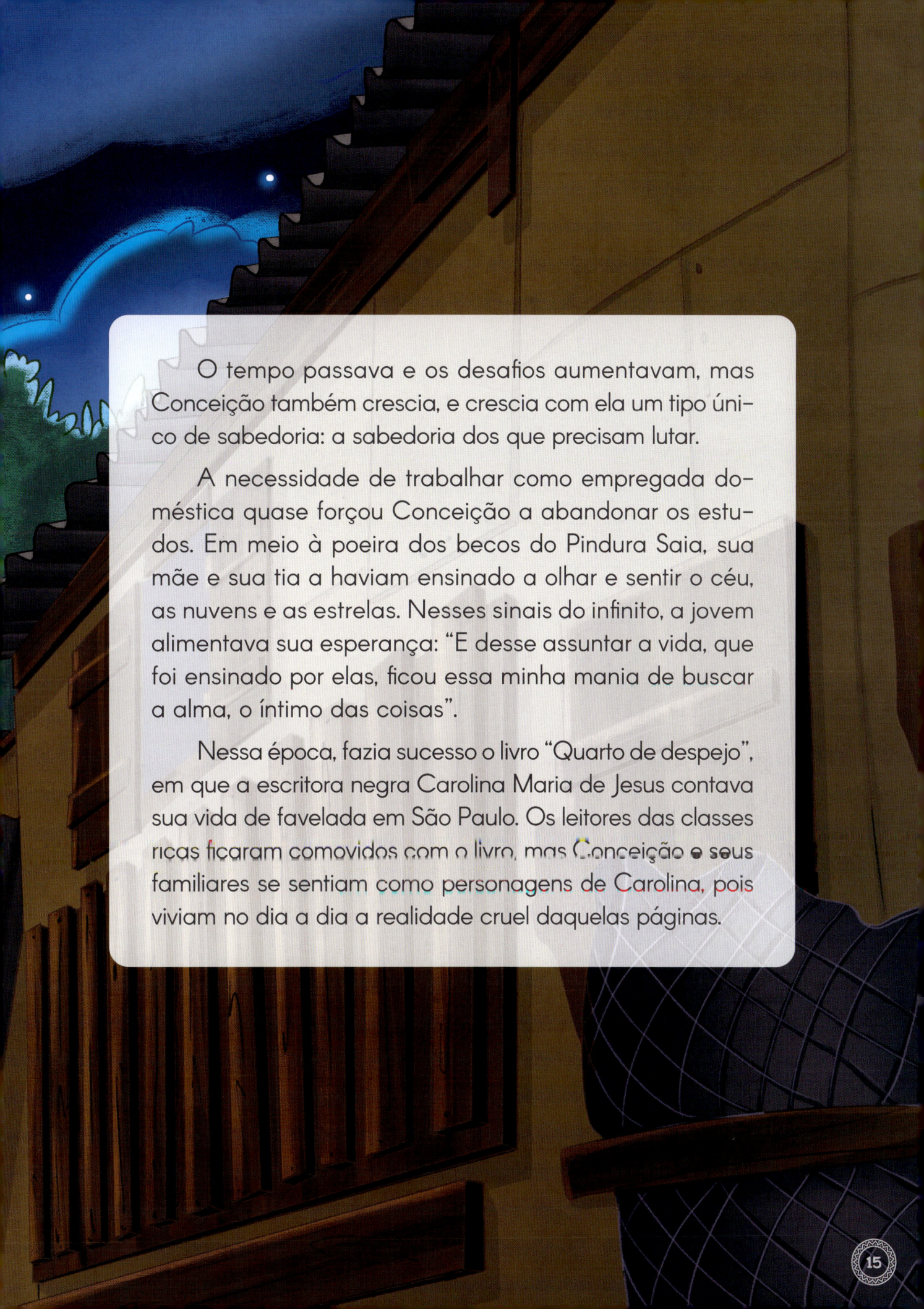

O tempo passava e os desafios aumentavam, mas Conceição também crescia, e crescia com ela um tipo único de sabedoria: a sabedoria dos que precisam lutar.

A necessidade de trabalhar como empregada doméstica quase forçou Conceição a abandonar os estudos. Em meio à poeira dos becos do Pindura Saia, sua mãe e sua tia a haviam ensinado a olhar e sentir o céu, as nuvens e as estrelas. Nesses sinais do infinito, a jovem alimentava sua esperança: "E desse assuntar a vida, que foi ensinado por elas, ficou essa minha mania de buscar a alma, o íntimo das coisas".

Nessa época, fazia sucesso o livro "Quarto de despejo", em que a escritora negra Carolina Maria de Jesus contava sua vida de favelada em São Paulo. Os leitores das classes ricas ficaram comovidos com o livro, mas Conceição e seus familiares se sentiam como personagens de Carolina, pois viviam no dia a dia a realidade cruel daquelas páginas.

A pobreza doía feito uma dor ancestral, dor que havia atravessado o oceano nos porões dos navios, dor escravizada por séculos, dor de mulheres e homens negros que, depois do fim da escravidão, foram entregues à própria sorte num mundo que os rejeitava.

Para superar o pouco que a vida oferecia, Conceição escrevia, e a escrita era uma maneira de viver seus sonhos. Em 1968, uma redação de Conceição chamada "Samba-favela" foi além dos muros da escola e chegou a ser publicada no Diário Católico de Belo Horizonte. A escritora começava a encontrar sua própria voz.

Seguindo o sonho de ser professora, Conceição ingressou no Curso Normal do Instituto de Educação de Minas Gerais. Em 1971, aos 25 anos, ela conquistou o diploma tão desejado. Contudo, uma notícia veio perturbar os moradores do Pindura Saia: a prefeitura anunciara que eles seriam removidos para a periferia da cidade.

Os pobres deveriam viver distantes do centro, o que significava ainda mais pobreza. O peso da desigualdade caía mais uma vez sobre a vida de Conceição. Era o fim da comunidade onde ela havia despertado para a vida, onde viviam os personagens que povoaram sua infância e juventude, mas que habitariam para sempre os becos de sua memória.

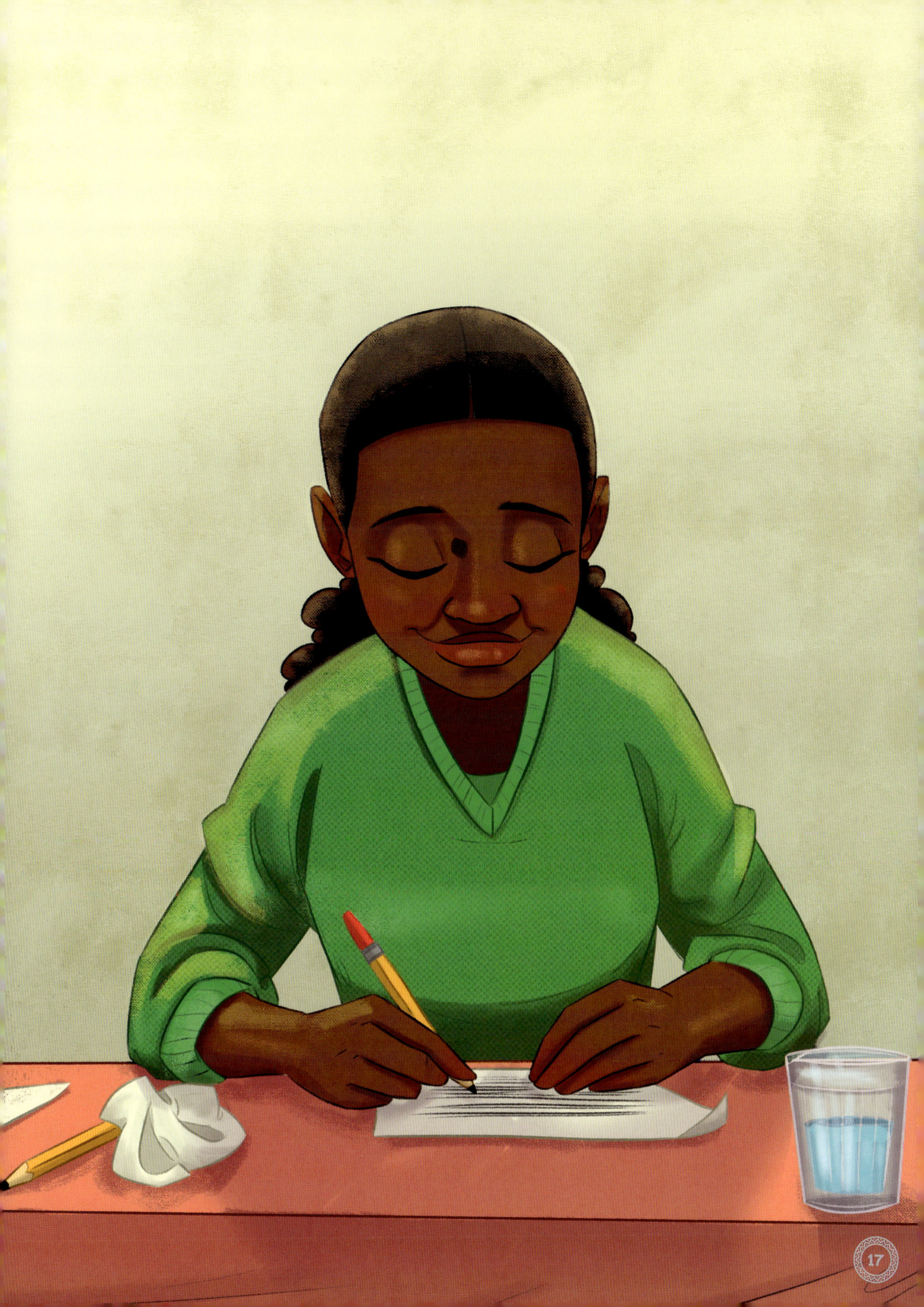

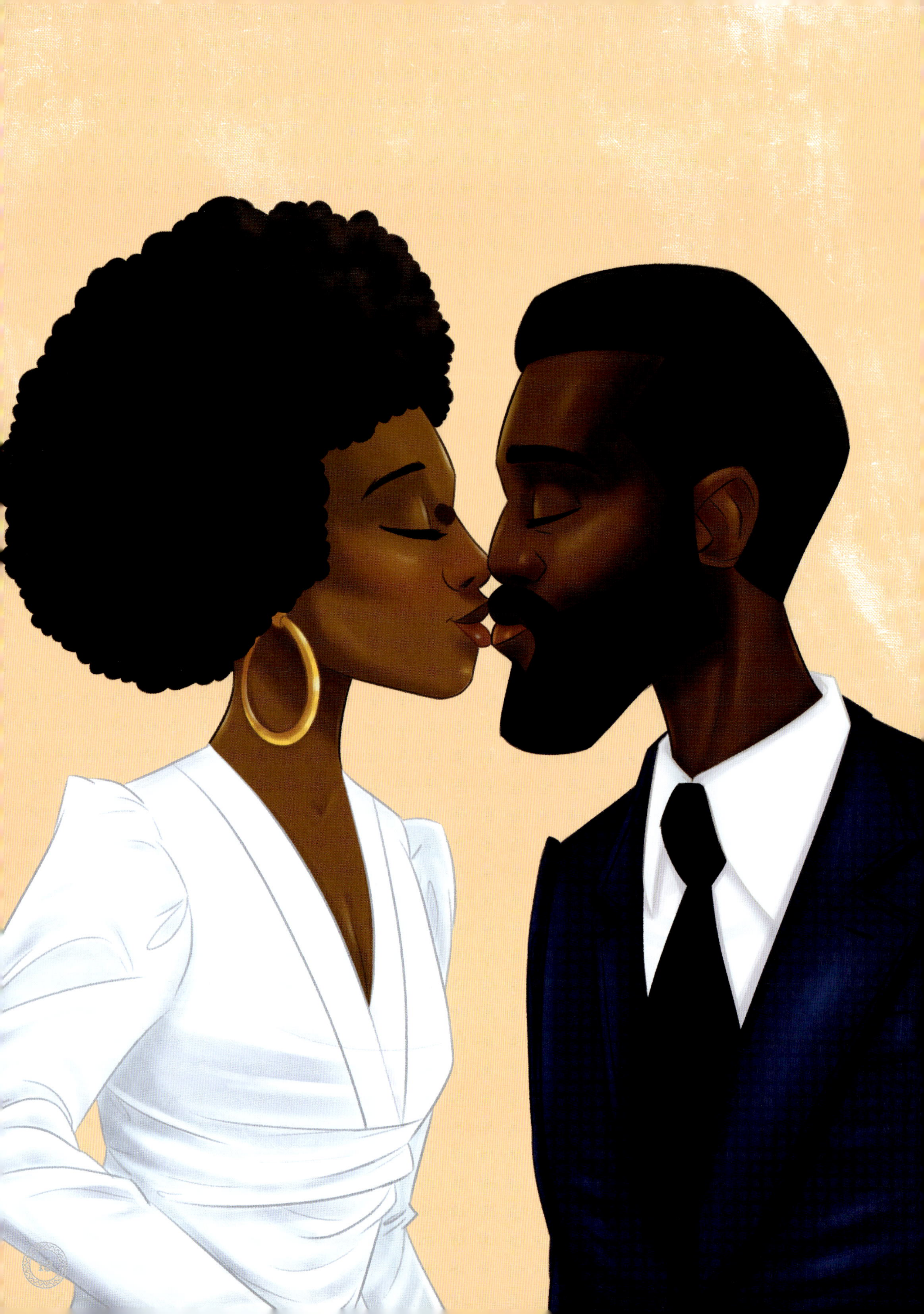

Dona Joana acabou se mudando com os filhos para a cidade de Contagem, interior de Minas Gerais, e Conceição decidiu ficar e tentar a sorte em sua cidade natal. Durante dois anos, viveu na casa de amigos, mas não conseguiu emprego como professora. Em 1973, prestou um concurso para dar aulas no Rio de Janeiro e foi aprovada. Certa tarde, Conceição foi até a beira da estrada, despediu-se dos amigos e embarcou de carona para seguir o seu destino.

A mudança para o Rio foi um divisor de águas. Conceição realizou o sonho de ser professora e ingressou no curso de Letras da Universidade Federal do Rio de Janeiro. Numa manhã de 1976, Conceição atravessava distraída a rua quando seu olhar encontrou o olhar de um homem que vinha em sentido contrário. Daquela rápida troca de olhares nasceria um amor para a vida inteira. Conceição e Oswaldo se casaram e se tornaram companheiros de jornada.

Em 1980, nasceu Ainá, filha de Conceição e Oswaldo. A bebê nasceu com problemas de saúde, e os médicos lhe deram apenas três meses de vida. Mas Ainá trazia no sangue a coragem e a vontade de viver e, ainda no comecinho da vida, revelou-se uma guerreira.

Conceição interrompeu o curso de Letras para cuidar da filha. A maternidade foi para ela antes de tudo um ato de generosidade, de abrir caminhos para que outra vida pudesse florescer.

*"A voz de minha filha
recolhe em si
a fala e o ato.
O ontem – o hoje – o agora.
Na voz de minha filha
Se fará ouvir a ressonância
O eco da vida-liberdade."*

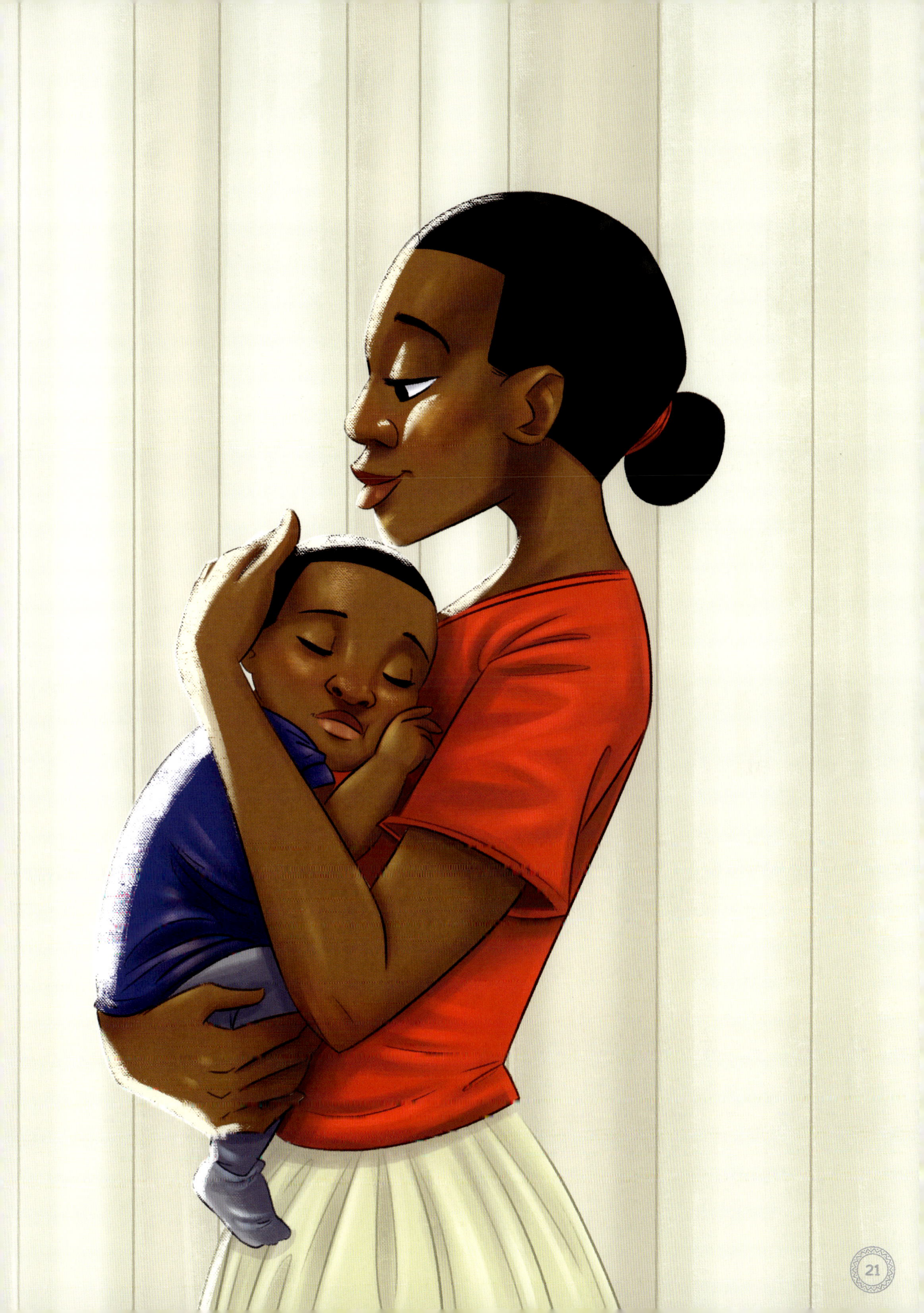

Conceição seguiu dando aulas e escrevendo. Durante os anos de 1980, ela participou do grupo Negrícia, que recitava poesias em favelas, presídios e bibliotecas públicas. Entre 1987 e 1988, Conceição escreveu "Becos da memória", sua primeira grande narrativa. Inspirada no tempo em que viveu no Pindura Saia e misturando lembranças e imaginação, criou um estilo próprio de contar uma história. Mas o livro não foi publicado e permaneceu guardado no fundo da gaveta.

Em 1989, um acontecimento doloroso marcou para sempre as vidas de Conceição e Ainá: a morte de Oswaldo. Mãe e filha se uniram ainda mais para superar a ausência do pai e companheiro. Era preciso seguir em frente, "pois entre a dor, a dor e a dor, é ali que reside a esperança".

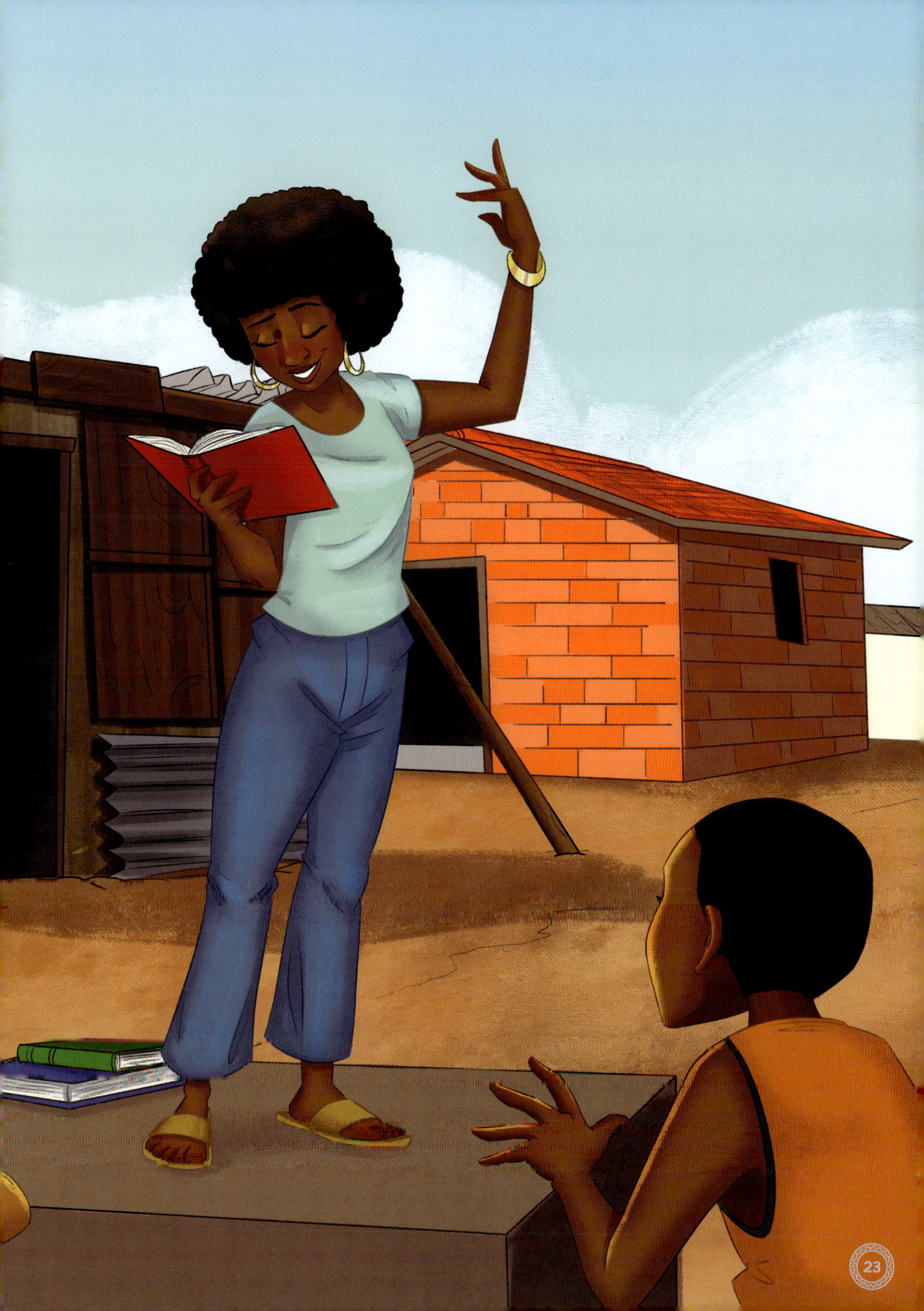

CADERNOS NEGROS 13

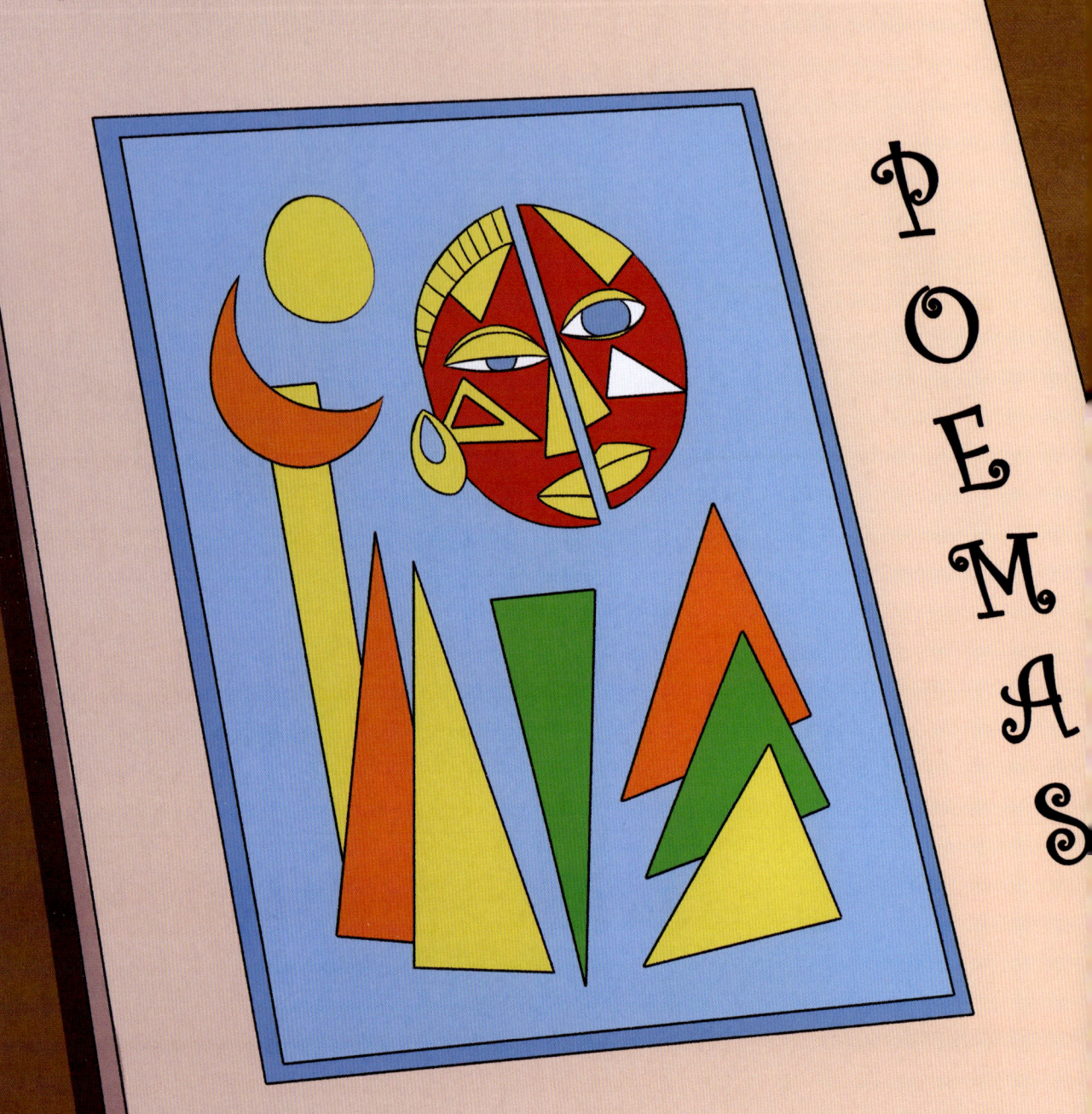

POEMAS

Conceição terminou o curso de Letras, e, em 1990, aos 44 anos, seus poemas foram publicados nos "Cadernos negros", uma série dedicada a divulgar obras de autoras e autores negros. Foi o início oficial de sua carreira como escritora.

Durante a década de 1990, Conceição se tornou mestre em Literatura Brasileira e continuou publicando poemas e contos nos "Cadernos negros". Sua literatura surgiu como um grito de afirmação da voz de quem sempre esteve à margem da história oficial do país. Ao criar relatos e versos a partir de sua condição de mulher negra, Conceição dava vida a personagens tornados invisíveis por uma sociedade desigual e preconceituosa.

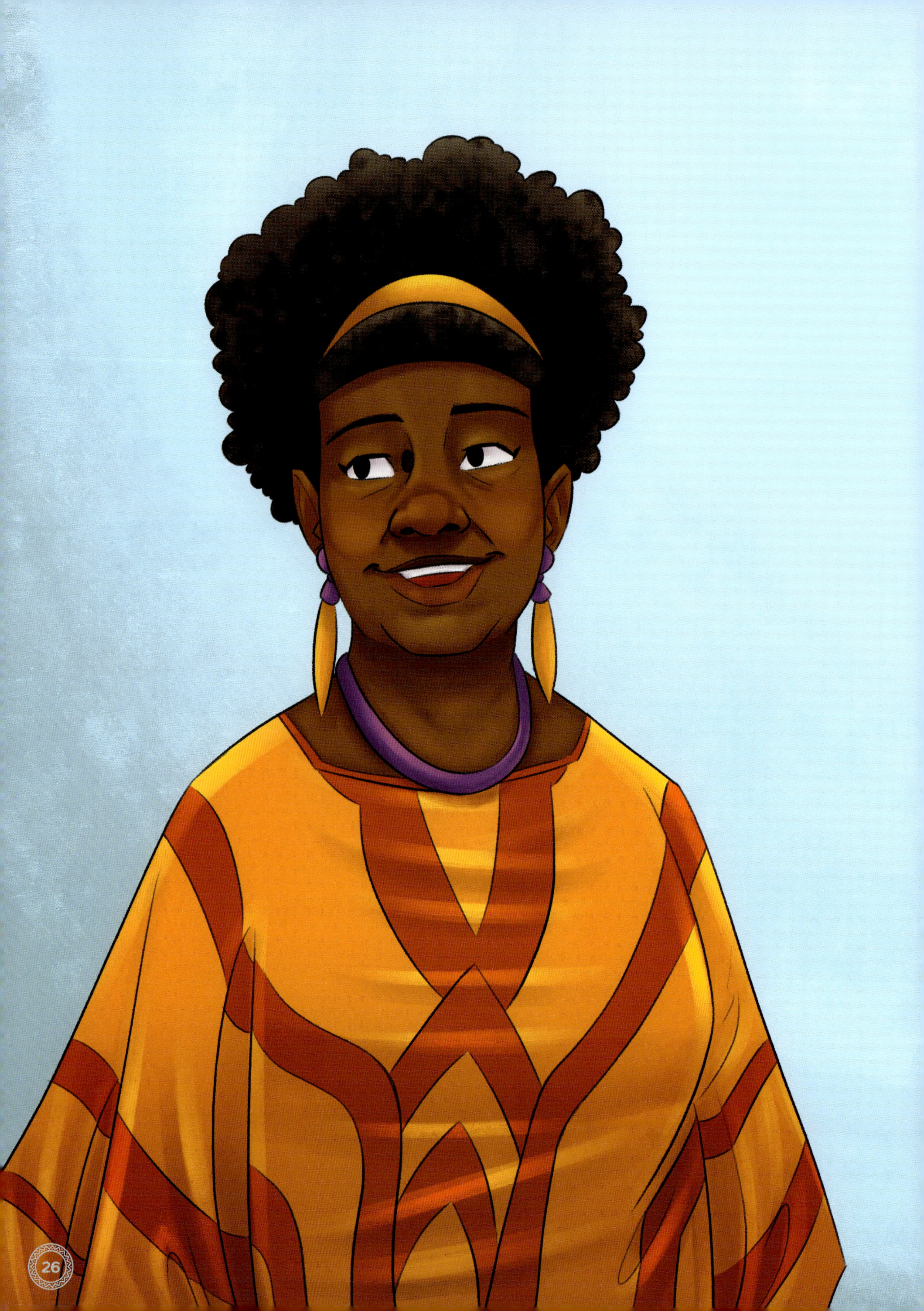

Em 2003, Conceição publicou o seu primeiro livro, "Ponciá Vicêncio", em que conta a solidão, os sonhos e os desencantos da personagem principal. Em 2006, foi lançado "Becos da memória", depois de permanecer por mais de vinte anos no fundo da gaveta. Em 2008, foi publicado o livro "Poemas da recordação e outros movimentos".

Conceição publicou também os livros de contos "Insubmissas lágrimas de mulheres", em 2011, "Olhos d'água", em 2014, e "Histórias de leves enganos e parecenças", em 2016.

A autora recebeu diversos prêmios, entre eles o Prêmio Jabuti de 2015 pelo livro "Olhos d'água". Além disso, teve obras publicadas no exterior e traduzidas para o inglês e o francês.

A palavra "escrevivência" foi criada por Conceição para definir a sua arte: escrever a vivência do dia a dia e das lembranças dela mesma e de seu povo. Palavras e vida, sempre unidas, como ela havia aprendido ao guardar no peito as histórias que ouvia no Pindura Saia.

A literatura de Conceição resgata uma voz ancestral, voz das "mães pretas" escravizadas que eram obrigadas a contar histórias para entreter os filhos dos senhores. Conceição não ecoa essa voz para agradar aos ouvidos das classes privilegiadas, mas para expressar o mundo interior da mulher negra: "A nossa escrevivência não pode ser lida como história de ninar os da casa-grande, e sim para incomodá-los em seus sonos injustos".

Em 2011, Conceição concluiu o doutorado em Literatura Comparada ao estudar a literatura afro-brasileira e a literatura africana de língua portuguesa. Aposentada como professora, Conceição vive no Rio de Janeiro com a filha.

Ela costuma dizer que ter se tornado uma autora consagrada não desmente a regra de que a sociedade brasileira é injusta e racista. Ao contrário, confirma a regra, pois Conceição entende que sua trajetória é uma exceção. Assim, as exceções devem servir para mudar as regras.

Desafiando as expectativas, Maria da Conceição Evaristo de Brito, nascida na favela do Pindura Saia, mulher brasileira, negra, tornou-se professora, doutora em Literatura e uma das grandes escritoras do país.

31

Querido leitor,

A editora MOSTARDA é a concretização de um sonho. Fazemos parte da segunda geração de uma família dedicada aos livros. A escolha do nome da editora tem origem no que a semente da mostarda representa: é a menor semente da cadeia dos grãos, mas se transforma na maior de todas as hortaliças. Assim, nossa meta é fazer da editora uma grande e importante difusora do livro, e que nessa trajetória possamos mudar a vida das pessoas. Esse é o nosso ideal.

As primeiras obras da editora MOSTARDA chegam com a coleção BLACK POWER, nome do movimento pelos direitos dos negros ocorrido nos EUA nas décadas de 1960 e 1970, luta que, infelizmente, ainda é necessária nos dias de hoje em diversos países.

Sempre nos sensibilizamos com essa discussão, mas o ponto de partida para a criação da coleção ocorreu quando soubemos que dois de nossos colaboradores, Renan e Thiago, já haviam sido vítimas de racismo. Sempre os incentivamos a se dedicar ao máximo para superar os obstáculos e os desafios de uma sociedade injusta e preconceituosa. Hoje, Thiago é professor de Educação Física, e Renan, que está se tornando um poliglota, continua no grupo, destacando-se como um dos melhores funcionários.

Acreditando no poder dos livros como força transformadora, a coleção BLACK POWER apresenta biografias de personalidades negras que são exemplos para as novas gerações. As histórias mostram que esses grandes intelectuais fizeram e fazem a diferença.

Os autores da coleção, todos ligados às áreas da educação e das letras, pesquisaram os fatos históricos para criar textos inspiradores e de leitura prazerosa. Seguindo o ideal da editora, acreditam que o conhecimento é capaz de desconstruir preconceitos e abrir as portas do pensamento rumo a uma sociedade mais justa.

Pedro Mezette
CEO Founder
Editora Mostarda

EDITORA MOSTARDA
www.editoramostarda.com.br
Instagram: @editoramostarda

© A&A Studio de Criação, 2021

Direção:	Fabiana Therense
	Pedro Mezette
Coordenação:	Andressa Maltese
Texto:	Gabriela Bauerfeldt
	Maria Julia Maltese
	Orlando Nilha
Revisão:	Marcelo Montoza
	Nilce Bechara
Ilustração:	Leonardo Malavazzi
	Lucas Coutinho
	Kako Rodrigues

Nota: Os profissionais que trabalharam neste livro pesquisaram e compararam diversas fontes numa tentativa de retratar os fatos como eles aconteceram na vida real. Ainda assim, trata-se de uma versão adaptada para o público infantojuvenil que se atém aos eventos e personagens principais.

Dados Internacionais de Catalogação na Publicação (CIP)
(Câmara Brasileira do Livro, SP, Brasil)

Nilha, Orlando
  Conceição : Conceição Evaristo / Orlando Nilha ; ilustração Leonardo Malavazzi. -- 1. ed. -- Campinas, SP : Editora Mostarda, 2021.

  ISBN 978-65-88183-03-8

  1. Biografia - Literatura infantojuvenil 2. Evaristo, Conceição, 1946 3. Literatura infantil I. Malavazzi, Leonardo. II. Título.

20-50239   CDD-028.5

Índices para catálogo sistemático:

1. Literatura infantil 028.5
2. Literatura infantojuvenil 028.5

Aline Graziele Benitez - Bibliotecária - CRB-1/3129